AF370997

INSTITUT DE FRANCE

ACADÉMIE FRANÇAISE

SECOND CENTENAIRE

DE LA

MORT DE RACINE

PARIS

TYPOGRAPHIE DE FIRMIN-DIDOT ET Cᵗᵉ

IMPRIMEURS DE L'INSTITUT DE FRANCE, RUE JACOB, 56

M DCCC XCIX

INSTITUT DE FRANCE

ACADÉMIE FRANÇAISE

SECOND CENTENAIRE

DE LA

MORT DE RACINE

DISCOURS

DE

M. JULES LEMAITRE

MEMBRE DE L'ACADÉMIE FRANÇAISE

PRONONCÉ A PORT-ROYAL

Le 25 avril 1899

MESSIEURS,

Il y a des fêtes commémoratives de grands hommes, où sans doute on se rend volontiers, mais avec le sentiment qu'on apporte à l'accomplissement d'un devoir un peu austère. C'est qu'il y a, en effet, des personnages illustres dont on conçoit l'utilité ou la grandeur plus qu'on n'en ressent le charme. On célèbre comme des abstractions les vertus ou les facultés intellectuelles qu'ils représentent. On leur est reconnaissant par réflexion. — Mais nous, Messieurs, il me semble que nous apportons à cette cérémonie une émotion sincère, spontanée, de l'amitié, de la tendresse, et que la fête de Racine, du poète incomparable des passions amoureuses, nourri dans l'amour de Dieu et mort dans cet amour retrouvé, est, de toutes les façons, une fête d'amour.

Tout conspire ici à pénétrer nos cœurs de souvenirs et de sentiments délicieux et rares. Cette vallée de Port-Royal est un des coins de la France les plus augustes, les plus imprégnés d'âme. C'est une terre sacrée.

Car, d'abord, cette vallée a abrité la vie intérieure la plus intense peut-être qui ait été vécue dans notre patrie. Là ont médité et prié les âmes les plus profondes, les plus repliées sur elles-mêmes, les plus obsédées par le mystère de leur destinée spirituelle. Nulles, dans ce vertige de l'esprit attentif à son propre gouffre, n'ont paru douter davantage de la liberté humaine, et n'ont pourtant montré une volonté plus forte. Et ces solitaires ont gagné la sympathie même des personnes les plus éloignées de croire, de sentir et de concevoir la vie comme eux, parce que leur humilité et leur anéantissement devant Dieu n'empêcha point ces excessifs théologiens de la grâce d'opposer les plus fières résistances aux entreprises injustes des pouvoirs publics et de ce que l'un d'eux appelait les « grandeurs de chair ».

Mais, d'un autre côté, cet asile de l'ascétisme janséniste fut le berceau du génie qui fit les plus belles peintures et les plus harmonieuses de ces passions de l'amour, de ces « mouvements désordonnés » contre qui tant de saintes âmes luttèrent ici dans une anxieuse pénitence. Cette terre, nourrice de sainteté, fut aussi mère de beauté et de la plus émouvante et de la plus séductrice de toutes.

Et enfin le plus doux paysage français, fleurs, ombrages, eaux légères, courbes du sol et ondulations caressantes, ciel tendre et souvent mélancolique, enveloppe ces souvenirs de religion et d'art qui sont entre les plus grands de notre tradition nationale. Ces feuillages sont « bien nés ». Ces arbres sont les petits-fils de ceux qui ont ombragé les deux têtes merveilleuses et chères où sont écloses les *Pensées* de Pascal et les tragédies de Racine. Et nous songeons que, lorsque le génie de la France aura accompli son œuvre, — dans longtemps, bien longtemps, — d'autres feuillages, descendant de ces arbres-ci, s'inclineront sur les fronts d'une humanité dont nous ne prévoyons pas les conditions d'existence, mais qui, si elle n'est retournée à la barbarie primitive, continuera d'être inquiète dans son esprit comme Pascal et troublée dans son cœur comme Racine. Et tout cela, religion, art, nature, s'accorde pour former en nous un mélange d'impressions si fortes que nous plions sous elles et que nous ne saurions les définir.

Pardonnez-moi, Messieurs : vous attendez de moi autre chose que l'expression de cette sorte de « liquéfaction intérieure » (pour parler comme le XVIIᵉ siècle) devant des images trop belles. Je vous dois des paroles plus précises : j'essaierai de les trouver.

Port-Royal et Racine..., le jansénisme et *Phèdre*... Je voudrais vous dire, Messieurs, qu'à aucun moment ceci n'a contredit cela ; que non seulement pendant sa pieuse adolescence et sa maturité dévote, mais dans le temps où il donnait ses tragédies et vivait avec des comédiens et même avec des comédiennes, Jean Racine fut de Port-Royal, et que, de sa naissance à sa mort, Port-Royal l'enveloppa tout entier.

Jean Racine avait quinze ans quand il sortit du collège de Beauvais pour entrer ici, dans la maison des Granges. Il y poursuivit ses études avec huit ou dix autres enfants sous la direction de MM. Lancelot, Nicole, Hamon. Ces messieurs l'entourèrent de soins particuliers en souvenir du refuge que les solitaires persécutés avaient trouvé, seize ans auparavant, chez sa grand'tante Vitard, à la Ferté-Milon. Sa tante Agnès était cellérière au monastère des Champs, et sa grand'mère, Marie des Moulins, s'y était retirée après son veuvage. Il était donc, à beaucoup de titres, l'enfant de la maison. Il était « le petit Racine » de M. Antoine Lemaître.

Voici les bois où il promenait ses rêveries d'enfant, où il lisait les tragédies d'Euripide, et quelquefois les *Amours de Théagène et de Chariclée*. Il était sensible à la beauté de la terre et du ciel, du moins dans ses aspects paisibles et ordonnés : les *Sept Odes à Port-Royal* sont des paysages d'une forme puérile, mais d'une émotion vraie. Il continua, au dire de La Fontaine, « d'aimer extrêmement les fleurs, les jardins, les ombrages »; et c'est lui, dans les *Amours de Psyché,* qui retient ses amis pour assister aux féeries du soleil couchant.

Il était tout sentiment. Et l'austérité même de l'éducation religieuse qu'il reçut ne fut point pour affaiblir sa puissance d'aimer. Le ressort secret de l'ascétisme est encore l'amour; toute énergie morale est de l'amour transformé.

Ses maîtres étaient, sous la sévérité de leurs dehors, des
hommes de tendresse. Il est remarquable que le peintre le
plus profond de l'amour humain ait été élevé par les
hommes qui ont le plus aimé Dieu et avec le plus de
désintéressement, puisqu'ils craignaient toujours que Dieu
ne le leur rendît pas, et qu'ils vivaient dans le trem-
blement de n'avoir pas la grâce.

Son adolescence est gentille, badine, un peu frondeuse,
— inquiète de l'amour. Chez son oncle le chanoine, à Uzès,
dans ce Midi encore espagnol, il fait cette remarque :
« Vous savez qu'en ce pays-ci on ne voit guère d'amour
médiocre ; toutes les passions y sont démesurées. » Peut-
être se souviendra-t-il de ces Hermiones et de ces Roxanes
à foulard rouge.

Entre vingt-cinq et trente-sept ans, il mord tant qu'il
peut aux fruits de la vie : vaniteux, irritable, ingrat même,
dissipé, tout proche de la débauche (vous vous rappelez
ces soupers dont parle Mme de Sévigné : « Ce sont des
diableries »)... et tout cela ensemble ne veut pas dire
méchant. C'est durant cette période qu'il écrit ses tragédies, si douces et si violentes, et qu'il crée ses déli-
cieuses femmes damnées...

Femmes damnées, en qui la grâce attique abonde...
mais à qui la grâce de Dieu a manqué. Sentez-vous, Messieurs, reparaître ici Port-Royal ? — Le marguillier Corneille était un orgueilleux païen, un intrépide optimiste,
une sorte de stoïcien mégalomane. Il inventait des volontés
sûres d'elles, héroïques, parfois monstrueuses sans le
savoir. Mais Racine est un pessimiste chrétien. Son théâtre
est d'un homme qui ne croit ni à la bonté de la nature

humaine ni à l'efficacité de la volonté toute seule contre
les tentations de la chair et du cœur. Il voit l'homme laissé
à ses propres forces comme le voyaient ses bons maîtres,
lesquels, par leur défiance de la nature et l'observation
rigoureuse où cette défiance les engageait, étaient déjà de
si véridiques psychologues. Le christianisme, et spécia-
lement celui qu'on pratiquait ici, a toujours été un grand
maître de vérité en littérature.

Ainsi Port-Royal est sensible encore dans les parties
mêmes de l'œuvre de Racine dont on le pourrait croire le
plus absent. C'est sans doute parce qu'il eut du génie,
mais c'est aussi parce qu'il avait reçu les enseignements
de ces Messieurs que le poète de Roxane et d'Ériphile sut
faire des peintures de la passion si terribles et si vraies.
En sorte que c'est à Port-Royal après Dieu qu'il dut, avec
son salut éternel, son originalité d'auteur dramatique :
c'est à Port-Royal qu'il dut, en quelque façon, de renou-
veler la tragédie et d'être le plus grand peintre réaliste
des passions de l'amour.

Car nulle part avant lui on n'avait vu l'amour-fureur,
l'amour-maladie, pousser irrésistiblement ses victimes à la
folie, au meurtre, au suicide, à travers un flux et un reflux
de pensées contraires, par des alternatives d'espoir, de
crainte, de colère, de jalousie, parmi des raffinements
douloureux de sensibilité, des ironies, des clairvoyances
soudaines, puis des abandons désespérés à la passion fatale,
un art merveilleux à se faire souffrir, une incapacité pour
leur « triste cœur » de « recueillir le fruit » du crime
dont elles sentent la honte, — tout cela exprimé dans une
langue unique de souple précision et de hardiesse d'abord

inaperçue, par où, démentes lucides, elles continuent de
s'analyser au plus fort de leurs agitations, et qui revêt
d'harmonieuse beauté leurs désordres les plus furieux, —
au point qu'on ne sait si on a peur de ces femmes ou si on
les adore...

Il s'aperçut lui-même un jour, avec épouvante, qu'il les
adorait. Ce fut à l'occasion de *Phèdre,* tragédie janséniste
par l'esprit et les conclusions, si étrangement séduisante
dans sa forme. Le grand Arnauld, dont Racine avait
commencé à se rapprocher, ne vit que les conclusions. Il
disait naïvement : « Il n'y a rien à reprendre au caractère
de Phèdre, puisque, par ce caractère, le poète nous donne
cette grande leçon que lorsque, en punition de fautes
précédentes, Dieu nous abandonne à nous-mêmes et à la
perversité de notre cœur, il n'est point d'excès où nous ne
puissions nous porter, tout en les détestant. » Le malheur,
c'est que nous ne voyons pas du tout ou que nous oublions
parfaitement « en punition de quelles fautes précédentes »
Phèdre est entraînée au péché. Nous voyons seulement
qu'elle y est entraînée quoi qu'elle fasse. Elle nous semble
réellement irresponsable, et plus douloureuse, et par suite
plus intéressante par la conscience inutile qu'elle a de son
péché. Elle ne nous inspire plus qu'une pitié amoureuse.
Et ainsi, tandis qu'il pensait nous démontrer la nécessité
de la grâce, Racine n'est arrivé qu'à nous démontrer la
fatalité terrible et délicieuse de la passion.

Or, tandis qu'il offrait aux hommes assemblés des spec-
tacles d'une volupté noble, mais si pénétrante ! toutes les
religieuses et les saintes femmes de sa famille (il y en avait

beaucoup), et le bon M. Nicole, et le bon M. Hamon, priaient pour l'enfant égaré... Et c'est pourquoi, un jour, le Port-Royal de son enfance lui remonta au cœur. C'est pourquoi il connut que, sa tragédie avait beau être chrétienne, et de l'aveu même d'Arnauld, Phèdre y était trop charmante, et qu'il pouvait y avoir, dans la description la plus véridique et en apparence la moins complaisante des troubles issus de la chair, un sortilège de séduction contagieuse. Et c'est pourquoi enfin il accomplit le sacrifice le plus extraordinaire qu'ait enregistré l'histoire de la littérature : il renonça au théâtre en pleine gloire ; il tua, dis-je, en lui l'homme de lettres, à trente-huit ans, parce que Phèdre était décidément plus troublante qu'il ne l'avait voulu.

Et ainsi, parce que secrètement et sans qu'il s'en doutât Port-Royal n'avait cessé de l'inspirer, Port-Royal le reconquit.

Ce qui me touche, c'est que la consommation de ce sacrifice inouï laissa en lui des faiblesses. Il ne veut plus travailler pour le monde : mais, un jour, il commence, avec Boileau, l'opéra de *Phaéton* pour Mme de Montespan. Je crois qu'il lui fut très agréable d'écrire *Esther* et *Athalie*, parce qu'il les écrivait pour des jeunes filles. Une fois, aux répétitions d'*Esther*, on le surprend tamponnant avec son mouchoir les yeux d'une de ses jolies interprètes, que ses critiques avaient fait pleurer.

Esther et *Athalie,* chefs-d'œuvre singuliers, où le poète accorde enfin son art et sa piété, où les profondes inventions de son génie dramatique s'accompagnent de chastes

cantiques de jeunes filles, où la Muse violente de la tragédie paraît enveloppée des voiles neigeux et ceinte des
bleus rubans d'une élève du catéchisme de persévérance.
Esther et *Athalie,* œuvres virginales et pareilles à deux lys,
l'un frêle et fier, l'autre fort et magnifique. — Là encore,
Port-Royal est présent par toutes sortes de réminiscences
et d'allusions quasi involontaires : la tragédie d'*Esther*
est toute pleine des images de Port-Royal persécuté et de
ses filles gémissantes; et, dans *Athalie,* Eliacin, c'est un
peu, et sans que l'humilité du poète l'ait cherché, Racine
enfant; et le grand prêtre semble porter en lui l'âme su-
blime et intérieurement invincible des anciens habitants
de ce cloître dévasté.

Et dès lors, de plus en plus, Racine s'épure. Ses lettres
à son ami Boileau, à son fils Jean-Baptiste, d'une simpli-
cité si vraie, respirent la plus rare beauté morale; et
quelle tendresse sous cette forme prudente et contenue,
imposée par la politesse du temps et par la pudeur chrétienne! A la fin d'une lettre à Boileau, il fait cet aveu :
« Plus je vois décroître le nombre de mes amis, plus je
deviens sensible au peu qui m'en reste. Et il me semble, à
parler franchement, qu'il ne me reste presque plus que
vous. Adieu. Je *crains de m'attendrir follement* en m'arrê-
tant trop sur cette réflexion. »

Ses amis l'accusaient d'être trop bon courtisan. Et pourtant il restait publiquement l'ami des jansénistes. Il prê-
tait sa plume aux religieuses; il négociait pour elles. Il
recommençait, dans ce parc, les promenades de son enfance. Tous les ans, il y menait sa famille à la procession
du Saint-Sacrement. Il voulut être enterré dans le cime-

tière de Port-Royal des Champs, au pied de la tombe de
M. Hamon, le plus humble de ses anciens maîtres. De
bonne heure, il s'abstint, par scrupule religieux, lorsqu'il
était à la cour, d'aller à l'Opéra et à la Comédie... Seulement, voilà! il avait l'imprudence d'aimer le roi.

Les méchants ont raconté qu'il mourut d'avoir déplu à
Louis XIV. S'il en mourut, il eut tort, mais il ne craignit
pas en effet de déplaire. On est à peu près d'accord aujourd'hui pour en revenir, toutes hypothèses épuisées, au
récit de son fils Louis, à ce *Mémoire* sur la misère du
peuple, confié par Racine à Mme de Maintenon. Au fait, on le
voit, dans toute sa correspondance des dernières années,
très libéral et aumônier, d'ailleurs fort simple de mœurs.
Les paysans de Port-Royal s'adressaient à lui pour leurs
affaires. Il était l'ami de Vauban. Quand il écrivait ce
vers :

> Entre le pauvre et vous, vous prendrez Dieu pour juge,

il en concevait tout le sens.

Il fut un père de famille adorable. Il éleva toute une
nichée de colombes : Marie, Nanette, Babet, Fanchon,
Madelon. Marie, novice aux Carmélites à seize ans, rentra
à la maison, finit par se marier : àme ardente et tour-
mentée, tantôt à Dieu, tantôt au monde. Nanette fut
Ursuline; Babet aussi, après la mort de son père; Fanchon et Madelon moururent filles, assez jeunes encore et
tout embaumées de piété et de bonnes œuvres... Racine
sanglotait à la vêture de ses deux aînées, quoiqu'il sût bien
que, par les leçons dont il les avait nourries, il était sans
le vouloir le vrai prêtre de ce sacrifice...

Ainsi l'auteur de *Bajazet* et de *Phèdre*, le plus savant peintre des plus démentes amours terrestres, — continuant toujours d'aimer, mais d'autre façon, — paya sa dette à Dieu en lui donnant quatre vierges, et, faible et grand jusqu'au bout, mourut peut-être d'un chagrin de courtisan, mais d'un chagrin qu'il s'attira pour avoir eu trop indiscrètement pitié des pauvres. Vie exquise que celle où l'amour et tous les amours s'achèvent en charité.

Il faut revenir à ce verset de l'*Imitation de Jésus-Christ*, qui semble traduit de Platon : « L'amour aspire à s'élever... Rien n'est plus doux ni plus fort que l'amour... Il n'est rien de meilleur au ciel et sur la terre, parce que l'amour est né de Dieu et qu'il ne peut se reposer qu'en Dieu, au-dessus de toutes les créatures. » Et c'est là toute l'histoire de l'âme, longtemps inquiète, lentement pacifiée, de Jean Racine.

Au cimetière idéal des grands poètes, je placerais sur son tombeau une figure de femme pleurante, et qui représenterait, à volonté, sa Muse tragique, ou son âme elle-même. Elle serait chaste et drapée à petits plis. Et, sur sa pierre funèbre, je graverais en beaux caractères le mot de Mme de Maintenon : « Racine, qui veut pleurer, viendra à la profession de sœur Lalie » ; le mot, un peu risqué, de la joviale Sévigné : « Il aime Dieu comme il aimait ses maîtresses » ; le mot de Racine lui-même, recueilli par La Fontaine : « Eh bien ! nous pleurerons. Voilà un grand mal pour nous ! » et ce vers du premier de ses quatre *Cantiques spirituels* :

Si je n'aime, je ne suis rien.

Cette vie si vraiment humaine, si pleine de belles lar-
mes et de faiblesses et d'héroïsme, vous avez vu, Messieurs, que Port-Royal l'encadre et la pénètre toute. C'est
du moins ce que j'aurais voulu particulièrement vous
montrer. Non seulement Port-Royal le nourrit et, après
vingt ans de séparation, le recueille, le pacifie et l'apaise ;
mais encore c'est la description de l'homme naturel selon
Port-Royal qui compose le fond solide et fait l'énergie
secrète de ses mélodieuses tragédies. En sorte qu'on peut
dire que le théâtre de Racine est la fleur profane et impré-
vue du grand travail de méditation religieuse et de per-
fectionnement intérieur qui s'est accompli, il y a deux
siècles, dans ce jardin, parmi ces ruines où ont battu de
si fermes cœurs, — honneur austère de notre race, comme
Racine en est à jamais l'honneur charmant.

ALLOCUTION

DE

M. HENRY HOUSSAYE

MEMBRE DE L'ACADÉMIE FRANÇAISE

AU BANQUET DE LA FERTÉ-MILON

Le 23 avril 1899

Monsieur le Maire,

Au nom de l'Académie française, je vous félicite et je vous remercie pour la part que la ville de la Ferté-Milon a prise à la commémoration du deuxième centenaire de Racine.

Ce deuxième centenaire est célébré avec l'éclat qui convenait. En l'église de Saint-Étienne-du-Mont, Monseigneur l'évêque d'Orléans a prononcé le panégyrique du grand poète chrétien d'*Esther* et d'*Athalie*. La Comédie-Française a représenté *Bérénice* et les *Plaideurs,* ces deux chefs-d'œuvre de l'auteur tragique et de l'auteur comique par miracle réunis en un seul homme. Après-demain, on inaugurera sur les ruines de Port-Royal un buste de Racine, et nous entendrons un de nos plus chers confrères dire, avec sa grâce simple, pénétrante et puissante, — la grâce des forts, — comment la Muse grecque prit le jeune Racine dans cette austère Maison pour le mener au Panthéon des grands tragiques.

Il fallait aussi que le glorieux souvenir de Racine fût célébré dans cette ville de la Ferté-Milon, où il est né d'une très vieille famille milonaise, où il a passé ses dix premières années, où il est maintes fois revenu et que, aux heures fortunées comme aux heures sombres, il n'a jamais oubliée.

Vous avez ici le culte de Racine. Nous nous sommes arrêtés, dans la ville, devant sa statue et devant deux de ses bustes. A la mairie, vous avez créé un petit musée Racine. Au milieu de gravures, de livres, de pièces de toute sorte, vous y conservez précieusement le registre paroissial où vous nous avez fait déchiffrer tantôt l'acte de naissance de l'immortel poète. Vous vous disputez, Monsieur le Maire, avec quatre ou cinq de vos concitoyens, l'honneur de posséder la maison où naquit Racine, ou, pour parler plus exactement, de la maison qui s'élève maintenant sur l'emplacement de sa maison natale. Après ce pèlerinage, nous avons entendu à l'église, en présence de Monseigneur l'évêque de Soissons, les chœurs d'*Esther*, par les chanteurs de Saint-Gervais et le panégyrique de Racine, par M. l'abbé Vignot. Dans la salle de spectacle improvisée au pied du vieux château, les comédiens du Théâtre-Français ont joué les *Plaideurs* et *Bérénice*. Pour toile de fond, un rideau de toile d'Andrinople; comme accessoires, trois chaises et un guéridon de style Empire. Mais Racine et sa principale interprète d'aujourd'hui, Mlle Bartet, qui est la

plus touchante, la plus exquise, la plus racinienne des Béré-
nices, se passent aisément de décors.

Six mille personnes du département de l'Aisne sont
venues à cette solennité. Leur foule, ces arcs de triomphe
de verdure, ces maisons où flottent les drapeaux, ces
illuminations, ces poteaux, enguirlandés de fleurs et de
rubans, qui supportent les écussons de la vieille cité du
Valois : *de gueules à la salamandre d'or*, et de la famille
Racine : *d'azur au cygne d'argent*, font penser à une fête
nationale. Fête nationale, je dis bien. La fête de Racine
est une fête nationale. En célébrant Racine, vous rendez
hommage aux lettres, vous honorez votre cité. Mais vous
célébrez aussi la Patrie. La Patrie, ce n'est pas seulement
le sol et ses richesses, ce n'est pas seulement la grande
famille de millions d'individus, ce n'est pas seulement la
communauté de langue, d'origine, de croyances, d'idées et
de travaux, ce n'est pas seulement le drapeau. C'est aussi le
culte du passé, les souvenirs glorieux, les belles actions et
les grands hommes. Un Pascal, un Racine, un Victor Hugo,
compte à l'égal d'une province. Que Molière ou Corneille,
ou votre voisin de Château-Thierry, l'incomparable Jean
de La Fontaine, n'eût pas existé, ce serait une diminution
du patrimoine national, un amoindrissement de la patrie
française.

PAROISSE
DE
SAINT-ÉTIENNE-DU-MONT

Paris, 14 avril 1899.

M

A l'occasion du deuxième Centenaire de la mort de Racine, une solennité religieuse aura lieu *le vendredi 21 avril, à dix heures et demie précises,* dans l'église de Saint-Étienne-du-Mont, où ont été inhumés les restes du grand poète.

La cérémonie se composera :

1° D'une messe commémorative au cours de laquelle des chœurs d'*Esther* et d'*Athalie* seront chantés par les élèves de l'Institution des Jeunes Aveugles ;

2° D'un discours de S. G. Mgr l'Évêque d'Orléans.

J'ai l'honneur de vous convier à cette solennité. Une place vous sera réservée dans l'église.

Le Curé de Saint-Étienne-du-Mont,

H. LESÈTRE.

CETTE LETTRE SERVIRA DE CARTE D'ENTRÉE.

2ᴱ CENTENAIRE DE LA MORT DE RACINE

Fragments d'*Esther*. . . . . A. COQUARD.

Solo : M. BARRIER.

MESSE

Cantique sur des paroles de JEAN RACINE. E. GAZIER.

O bienheureux l'enfant. . . . . MENDELSSOHN.

(Extrait d'*Athalie*.)

Sanctus et Benedictus.. . . . . V. PAUL.

D'un cœur qui t'aime . . . . MENDELSSOHN.

(Extrait d'*Athalie*.)

DISCOURS

Tollite Hostias.. . . . . SAINT-SAENS.

Les chœurs de l'Institution nationale des Jeunes Aveugles seront dirigés par M. SYME. Le grand orgue sera tenu par M. DANTOT, de l'Institution, organiste de la paroisse.

CÉLÉBRATION

DU BI-CENTENAIRE DE LA MORT DE RACINE

Le dimanche 23 avril 1899

SOUS LE HAUT PATRONAGE
DE M. LE MINISTRE DE L'INSTRUCTION PUBLIQUE
ET DE M. LE PRÉFET DE L'AISNE

Programme

10 h. 3/4 du matin.

Réception à la gare des autorités et des invités par la Municipalité et le Conseil municipal.

11 heures.

Réception à la Mairie. — Visite des Souvenirs de RACINE.

Midi.

Lunch à l'Hôtel du Sauvage.

1 heure à 3 heures.

Cérémonie à l'Église Notre-Dame, sous la Présidence de Mgr l'Évêque de Soissons. — Éloge de RACINE. — Audition des Chanteurs de Saint-Gervais, sous la direction de M. Vincent d'Indy.

3 heures à 4 heures.

Visite de la Ville, des Maisons familiales de RACINE et des Ruines du Vieux-Château, Concerts par la Fanfare municipale et la Musique du 67e de Ligne.

4 heures à 6 heures.

Représentation d'une œuvre de RACINE par les artistes de la Comédie-Française, sous la direction de M. Jules Claretie.

7 heures.

Banquet officiel à l'Hôtel du Sauvage.

SECOND CENTENAIRE DE LA MORT DE RACINE

M

Les propriétaires du domaine de Port-Royal-des-Champs vous prient de vouloir bien honorer de votre présence l'inauguration du buste de Racine qui aura lieu sur les ruines de l'ancienne abbaye, le Mardi 25 Avril, à deux heures précises.

ORDRE DU JOUR

Rendez-vous à la gare de Saint-Rémy-lès-Chevreuse à 10 h. 1/2 (arrivée du train qui part de Paris-Luxembourg à 9 h. 15).

Déjeuner à Saint-Lambert (maison de Lenain de Tillemont) à 11 h. 1/2.

Visite à la tombe de Racine et aux ruines de l'église; discours de M. Jules Lemaître, de l'Académie française; inauguration du buste à 2 heures.

Réception à la Maison des Granges (anciennes Petites Écoles de Port-Royal).

Retour à Saint-Rémy pour le train de 5 h. 54 (arrivée à Paris à 7 h. 07).

Réponse S. V. P.

NOTA. — Vous êtes instamment prié de vouloir bien adresser votre réponse, le plus tôt possible, à M. GAZIER, secrétaire du Comité Racine, 22, rue Denfert-Rochereau.

Au reçu de votre acceptation, il vous sera adressé une Carte personnelle dont les porteurs seuls seront admis dans les voitures réservées, dans la salle du déjeuner et dans les salons des Granges.

www.ingramcontent.com/pod-product-compliance
Lightning Source LLC
LaVergne TN
LVHW020640180726
843502LV00006B/2150